XUE
雪林·
LIN

田野之歌

陆宗文◎著

安徽师范大学出版社

ANHUI NORMAL UNIVERSITY PRESS

·芜湖·

图书在版编目(CIP)数据

田野之歌 / 陆宗文著. — 芜湖:安徽师范大学出版社,2019.8
ISBN 978-7-5676-3976-8

Ⅰ.①田… Ⅱ.①陆… Ⅲ.①诗集 – 中国 – 当代 Ⅳ.①I227

中国版本图书馆CIP数据核字(2019)第051219号

田野之歌

TIANYE ZHI GE

陆宗文◎著

责任编辑:辛新新
装帧设计:丁奕奕
出版发行:安徽师范大学出版社
　　　　　芜湖市九华南路189号安徽师范大学花津校区　　　邮政编码:241002
网　　址:http://www.ahnupress.com
发 行 部:0553-3883578　5910327　5910310(传真)
印　　刷:江苏凤凰数码印务有限公司
版　　次:2019年8月第1版
印　　次:2019年8月第1次印刷
开　　本:700 mm×1000 mm　1/16
印　　张:12.875
字　　数:150千字
书　　号:ISBN 978-7-5676-3976-8
定　　价:45.00元

向着深情的方向敞开

——读陆宗文诗集《田野之歌》

　　宗文兄,是一位诗人,是一位真诗人,一位真性情的抒情诗人。这是我从认识他的那一天起就建构起来的,到现时也无法动摇的印象。

　　宗文兄是一位故乡迷恋者,一位故乡的热烈的歌者。他所歌唱的故乡,一是三山,二是含山。

　　三山,是宗文兄工作和生活的地方。他对三山的一草一木都满怀深情,风吹草动都能够触动他的诗思。那首流传甚广的《茶韵古镇——峨桥之歌》,就是一首优美得令人陶醉的三山情歌。这首诗有点儿陶渊明的味道,诗句古朴典雅,意境悠远绵长,韵律谐和,宜诵宜唱。油菜花、薰衣草、石榴、葡萄、炊烟,还有晨钟暮鼓的铜山寺,诗人将我们现代化社会里最稀缺的符号,都拉到他的诗里,勾起了我们对田园时代的回忆,勾起了我们在喧嚣的社会里对美好而宁静的生活的向往。在《我是一只三山鸟》中,他化作一只鸟儿,把三山的每一寸土地,观看,赞美。在《龙窝湖鱼汛》中,诗人因丰收的景象而兴奋异常:"我渴望有一条小舢板/摇着欢快的心情,下湖/和渔民一起打捞丰收的光芒。"在《幸福峨桥——写给峨桥2017年民生工程文艺晚会》中,他模糊了历史与诗的界限,诗歌成为

I

诗史，记录了一次乡间晚会的盛况，更美妙的是"今夜的峨桥，日子携着悠闲漫步/旗袍，沿着想象的方向打开缺口"。

在所有的乡村社会的向往中，都有一个绯红的故事，也都有一个脸蛋红扑扑的邻家阿娇。那首《向日葵，一枚秋天的太阳——写给阿松阿玲的葵花园》塑造了一个阿娇的形象——阿玲。我见过阿松和阿玲，一对淳朴厚道的夫妇，我也参观过他们的葵花园、紫云英园。峨桥，一个离市区不远又不近的地方。有山，有水，有古迹。尤其是初春的油菜花和深秋的稻田，以及泥土的味道，常令我产生一种扑入其中赖着不走的想法，化作"一枚多情的护花王子，夜夜枕着你的花香入眠"。

而含山则是宗文兄的故乡，父母之邦，他更是对故乡怀有刻骨铭心的情愫。他在《华阳洞石刻》《山水含山》等诗篇中，追忆故乡的历史，访问故乡的古迹。宗文兄的特点，访古并不言古，只说现实的芳草萋萋，很有点儿白发宫女说玄宗的味道。在《惦记故乡的理由》中，他运用心灵辩证法，组构诗行"故乡很大/大得总是充盈着我的记忆/满满的，犹如儿时雨后村前涨起的池塘/岁月流水，始终没有消退//故乡很小/小得只剩下我苍老的叔伯婶娘/故乡的房屋越来越高/故乡的田野越来越荒凉"。在《年味》中，他写到年节里故乡人的奇妙情趣"雪花和灯笼打情骂俏""济济一堂的乡邻/推杯问盏/把祝福的话语/一一灌醉"。《周楼，一个炽热的小小家园》等更是写出了故乡浓郁的生活气息"鸡鸭鹅，这些乡村歌手 /时不时地，吊吊嗓子"。

在含山故乡中最为牵动宗文兄的是父亲。《父亲的渔网》，是一首感人至深的怀亲之作。全诗以父亲撒网打鱼的动作为意象，将打鱼撒网与生活的酸甜苦辣、生命的春夏秋冬联系起来，叠合吟诵，把父亲的形象，扩张到江南人民的形象，由一个个人的典型意象扩张到集体的情怀。回忆的视角，表达的是诗人难以忘怀的记忆和感戴。诗作看上很浅白，但韵味隽永。这是一首能引起人们强烈共鸣的诗篇。它醇厚如浓烈的春醪，在个人情怀、历史含量和诗思等方面，并不亚于余光中的《乡愁》。据某少说，陆兄在父亲病榻前朗诵了这首诗，老人家听完后，安然长逝。以家庭成员为歌咏对象的诗作还有《我的大弟》《我的大弟和小弟》《致打工的弟弟》《年，已过完》《你就欠我一句话》等，宗文兄完整勾勒了家族成员的群像，可以说这是一部家族生活史和家族精神的自传。那种对兄弟的挚爱真情，化为苦涩流淌的诗句。有时像一首短短的抒情诗，有时像一篇紧凑的短篇小说，有时却又是机智的冷嘲，行云流水而又明澈剔透。

宗文兄看上去好像是一个喜欢给友人写诗的诗人，假如那样的话跟雪莱差不多，但我翻遍诗集，给友人写的诗不过五六首，涉及五位友人的诗——《致风儿》《风起了——献给诗人风儿》《情系痘姆——致潜山县痘姆乡党委书记徐瑾》《秦惠兰》等。在书写女性友人的时候，宗文兄是不会吝啬自己感性的赞美的，比如"你是秦时的明月汉代的玉/你是唐朝的诗宋代李清照描绘的词/蕙质兰心，心像湖水般透彻/美丽人生，生如夏花般绚烂"，比喻、通感、象征、意识流，以及赋、比、兴，宫、商、角、徵、羽，几乎所有的修辞手法都派上了用场，花样繁多，令人眼花缭乱。他的想象的翅膀，高高翱翔，感情的气流，在诗行中上下蹿动，从古代到今天，从植物意象扩及一切社会文化符号，诗思丰沛，酣畅淋漓。读着这些诗句，常令我有了想喝醋的感觉。宗文兄写给男性作家或艺术家的诗主要有五首，《音容与文字永存——沉痛悼念高正文主席》是悼念阜阳作家高正文先生的，他为失去一位好朋友而痛不欲生，且歌且哭；《摄影三剑客——献给任怀群、胡彩喜、管斌三位摄影人》，则是写给三山摄影三剑客的，他们是诗人的工作伙伴，友谊自是非同一般。

从我的主观直感看，宗文兄给女性友人所作的诗行，感情投入明显多于男性友人。不过，这并不包括写给野骆驼的诗篇。野骆驼是我们共同的朋友，一个有着大地般情怀的诗人。野骆驼去美国探亲，宗文兄给他写了送别的诗作。他深情地唱道："一起饮酒 一起吟诗 一起歌唱/ 就写到这里了/ 我们想您的泪水千行万行。"我知道野骆驼是和他经常在一起交流的密友，他们不仅是朋友更是血脉相通的兄弟。当兄弟远离的时候，内心感情甚至超过夫妻之间的情感。不然古人为什么要用"如兄如弟"来形容夫妻情感呢?! 野骆驼回国之时，宗文兄给他写的那一组诗更是让我读得难以自持，变得与宗文兄一样的泪点很低。《我们接你一起回家——写在诗人野骆驼赴美探亲归来之际》，从清晨写起，到中午，至夜晚，跨越整个"寒冬"，日思夜想的只有一个主题——"思念"。在这组诗中，宗文兄将自己的思念之情诉诸外在的自然环境，用寒冷天气中的风物，诸如"冰锥"等极写因思念而产生的身体感觉，一种波动的情热。这是一种在精神的深处血肉相连的情感。

在宗文兄的诗集中，还有不少咏物诗和哲理诗。《三山，一幅美轮美奂的山水画》《柿子熟了》《龙窝湖夕照》等篇，都是山水风物即景唱诵。即景生情，又生哲理，宋诗的理趣，荡漾在字里行间。理趣上升到哲理，就成了哲理诗。《生活哲理》包括《水瓶》《爬藤》《气球》《风筝》《向日葵》《蜡烛》等，再加上《石阶》《泉水》《翠竹》等，共二十二首。诗人以乡土风物，作哲理玄思。诗句已经脱离表象层面的生活经验，而指向广泛的人生共识。这令我想起了流沙河的诗作《草木篇》。

在《田野之歌》这部诗集中，几乎每一行都有一个抒情主人"我"。对于哲学家来说，我思故我在；而对于诗人来说，则我抒情故我在。诗人在诗作中，塑造了一个多情、深情的诗人形象。但是，这个多情的诗人，又从来不是自我中心主义的。他在情感洋溢的诗行中，与父亲喋喋絮语，与兄弟深情对话，与朋友敞开心扉。他对大地上所有的风物，对大地上所有的人民，儿女情长，深情厚谊。古人说，一切景语皆为情语，而我要说的是，一切诗语皆为情语。情感是诗歌的血肉，也是诗行。宗文兄是能够担得起抒情诗人之名的。

是为序。

方维保

二〇一九年五月十二日

一个溽热的初夏夜晚于赭山南麓

目　录

目　录

目　录

目 录

第一辑　心灵对话

父亲的渔网

一把渔网
支起岁月沉重的浮力
奔跑在春夏秋冬的河床
打捞初醒的晨露
打捞星星和月光
打捞一家年复一年
生活的希望

一把渔网
顶着太阳的光芒
躲过雷电的惊吓
走村串巷
把辛酸撒下
把信念撒下
打捞一网的彩虹
打捞一家春夏秋冬的梦想

农闲的季节
把破旧的渔网
摊在膝盖上
左针右线
把每一个日子缝补得闪闪发亮

父亲的渔网
我一生温暖的衣裳

我的大弟

大弟，把大半生的劳作
都交给了瓦刀
开春，转身的刚毅
就把故乡背进了行囊

大弟，把上大学的机会
留给了我
十四岁那年，从不舍的课堂
走进砖与水泥混搭的世界
把少年的辛酸默默地埋在心底

多少年来，我的心
一下雨就痛
假如，时光能逆流
我会把我的一切
都给他

大弟的情怀是有浓度的
大弟的汗水是香甜的
大弟的胸膛是宽亮的
时光荏苒
我一刻也没有忘记
无论大弟奔波在哪里
我的目光，紧紧地
紧紧地跟随他一起

我的大弟和小弟

我的大弟　我的小弟
一个在最西边的边陲淋着风雨
一个在内蒙古顶着烈日的考验
一年四季
用脚步连接城市的经纬
丈量他乡和故乡遥远的距离
一把瓦刀
粉刷城市崭新的面容
垒砌楼房追云逐日的高度

饿了，用思念当菜
累了，用月光下酒
每一天
用温和迎接人群里陌生的目光
用身体对抗生活年复一年的击打
偌大的时空里

熟睡的床找不到最合适的位置
闪烁的霓虹灯
怎么也照不亮回家匆匆的步履

我的大弟　我的小弟
用肩膀扛起生活的风雨雷电
出门在外的三百六十五个日日夜夜
我的心里深深刻下了
三百六十五份牵肠挂肚的惦记

你们用血汗喂养了我的文字
你们用辛苦撑起我一生沉甸甸的敬礼

致打工的弟弟

每年开春

你就像南来北往的大雁

带着妻儿

和攥在手心的路费

穿梭于城市的大街小巷

奔走在汪峰唱的《春天里》

风里雨中

一把瓦刀

一脸刚毅

一手技艺

一年汗水

靠庄稼汉的淳朴和硬朗的身躯打拼

赚取全家一日三餐的营养

和微不足道的存款

你知道

那个地方不适合你

因为那里没有亲人团聚的笑脸相随

因为那里听不到浓浓的乡音入睡

在灯红酒绿的夜幕下

我依稀看见你

经常朝着家乡的方向

偷偷地擦拭眼角的泪

弟弟　我至亲至爱的兄弟

弟弟　我血脉相连的兄弟

我相信

正因为有无数像你一样的农民工兄弟

用铜墙般的臂膀

把城市的生活

装点得日益美丽

用钢筋般的大手

把祖国的大厦

砌成天空一样的高度

我们的心，和您一起飞翔

——写在诗人野骆驼赴美探亲之际

11月15日是一个难以忘怀的日子

山水三山群里的红包雨一直在下

动车载着浓浓的乡音驶向浦东机场

车子上有一位年过六旬的老人

他的头衔是军人也是诗人

从今以后还要冠之以拾金不昧的中国好人

善良的心比泰山重比黄金纯

慈祥的微笑永远绽放在那节疾驰的车厢里

诗集《在大地上》饱含诗人对故土火红的眷恋

江南江北是芜湖一张叫得响的名片

在江城被无数人朗读传唱

我不知道骆驼哥去美国搭乘的是哪趟班机

起飞的那一刻

家乡亲朋好友祝福的心和他一起飞翔

太平洋的水深不过兄弟姐妹的情感

我们送行的目光一直凝望远方

阿肯色州有哥哥亲爱的女儿一家

侄女静抒的文笔一点不比爸爸差

翻译的书一本接着一本

书山里搭建着中美文化交流的桥梁

我仿佛看到达拉斯机场父女相见的喜泣

我明明看到阿肯色州一家团圆不眠的灯光

期待您早日回国

我们的骆驼哥

盼望早日聚首

我们的好兄长

等您回来　我们

一起饮酒　一起吟诗　一起歌唱

就写到这里了

我们想您的泪水千行万行

我们接你一起回家

——写在诗人野骆驼赴美探亲归来之际

清　晨

早起的风，抖动着翅膀

从地球这端飞向另一端

哭了一夜的泪

在三山的窗外结成一排排冰锥

阳光手脚冰凉，炊烟打着喷嚏

挂着一根柴火爬上屋顶

铜山寺的钟声，惊扰了屋檐下

几只贪睡的小鸟，相思的日子

绕着经筒开始转动

中　午

躺在沙发上

在《三华山文艺》里

一遍又一遍地读你的《山水三山》

温暖的文字驱走漫长的孤独
分离的这些天
我们的时差跟着你一起倒

夜　晚

毫无理由地爱上夜晚
喜欢黑暗里某个角落
躲过阳光的窥视
把自己扒得精光
让思想的每个部位都暴露出来
可以无所顾忌地做梦打呼噜
或者一夜不眠
只想一个人

寒　冬

一件旧大衣
裹不住相思的寒冷
有风吹来
往事一片接着一片
从眼前飞过
一个熟悉的身影
翻过太平洋
在异国他乡踟蹰

思　念

想一个人
就从采风的相册里取出他的身影

一遍一遍地阅读

直到泪水夺眶而出

写一首诗，刻进心里

让日子背得滚瓜烂熟

拆开一些往事

放在铺开的稿纸上

重新组装，背着一个名字

野骆驼

回　　家

改签的机票

在口袋里一次次起飞

1月4日

我们接你一起回家

然后，我们围坐在一起

一边让团圆跳舞

一边把相思灌醉

与金种子深情对话

用颍河充沛的水

酿造千年柔和

仓廪实而知礼节的阜阳人

在颍淮大地上

打造白酒行业的金字招牌

金种子、种子、醉三秋是孪生三姐妹

在历史的舞台上燗动万千妩媚

醉了春秋的明月

醉了嵇康的诗词

醉了今世的烟火

醉了乡野的牧歌

白酒、制药、房地产似三驾马车

一路飞扬一路豪迈一路欢歌

卷起同领域独领风骚的风云

握紧股票市场牛市的钥匙

积攒中国力量的冲天豪气

轻抿一口
不知道这里是杭州西湖还是颍州西湖
把酒三杯
跌宕的豪情从奔腾的血液里汩汩流出
澎湃的诗歌随淮河的水一泻千里
蹁跹的白鹭今又飞来
我邀颍泉的木兰船一路载酒
恣意陶醉在八里河的风景里
忘了尘世的纷扰忘了回家的行程

端午情思

五月初五
诗人屈原那爱国之殇的纵身一跃
久久回荡在汨罗江的上空
似乎成了无法愈合的伤口
一过端午，家家户户的心在痛
两千多年来
人们一直在打捞诗人的影子
中华民族反复吟唱他的《九章》《九歌》《天问》

五月初五
《楚辞》在悲伤地叙说
《离骚》在愤怒地责问
龙舟再快，也不过是时间的一枚棋子
糯米、菖蒲、艾草和日月星辰一起怀念
屈子不屈的灵魂

五月初五
成就一个伟大的主题
成为一个永远怀念的日子
五月初五
我们顺着诗歌的河流
追思诗人那不死的精神

屈原没有死
他一直活在端午的祭祀里

乡愁吟

儿时，我没读懂离别的苦楚

今日，我一字一句读完你的乡愁

乡愁，已是过期的邮票

乡愁，化作今夜的雷雨

乡愁，是一副钉在心上的十字架

我的灵魂，已经化作了汜渡的祈祷

你终于没有了：你在外头母亲在里头的忧愁

天堂里，我看到你今日抚摸母亲微笑的额头

你的一生在乡愁中活着

死时，带走了诗歌

也带走了两岸还没有团圆的苦愁

回　家

我的兄弟们，是飞出去的鸟
年的一声呼唤
从四面八方飞回
舍弃了一年又一年的巢

田野里瘦弱的油菜花
扇动着鹅黄的翅膀
村东的那棵刺槐，不时地探头张望
羞涩的河流，泛起一层层激动的涟漪
荡漾着一年的春思秋想

来不及抖落风尘仆仆的疲惫
就聚集在一起，大口地喝酒
粗口地说话
抱怨冰冷的城市
总有看不起的目光

穿过脊梁骨，寒心地疼

家乡浓厚的方言是滚烫的
说着说着，就有泪花夺眶而出
那口老井的水是甘甜的
喝上一口，忘了辛苦的惆怅
从熟悉又陌生的地里走一走
泥土的芬芳，会从脚心渗透到胸膛

再也不想远走了
这里，是我热恋的故乡
这里，有我儿时抹不去的记忆
还有永远睡在山冈里的爹娘

今夜陪您到天亮

爸爸，您在哪儿
您听到孩儿今夜哭泣的声音了吗

我想撕碎天空
看一看您笑容的慈祥
我想亲近大地
寻觅您春夏秋冬耕作的繁忙

祭祀的文字苍白无力
回家的步履踉踉跄跄

今夜想您
想您破旧的渔网
是否还遗忘在漆黑的河堤上
想您慈父的万千柔肠
是否踩疼故乡的心脏

今夜想您
想您二胡欢乐的旋律
拉起我儿时奢侈的梦想
想您夜晚的灯下
怀念妈妈爱恋的模样

多想
在我每一次迷失的路上
有您照耀的目光

情系痘姆

——致潜山县痘姆乡党委书记徐瑾

一眼就认识了你，从此

便记住了你，一个美丽的基层书记

着一身翠绿的山水外衣

纤弱的外表也能抵挡洪峰暴雨

一口流利的普通话

总有黄梅圆润的乡音露出

对痘姆的风土人情

如数家珍

就像自己熟悉和深爱的娃

一踏入这块土地

便把这里当作自己的家

用脚步丈量痘姆的每一寸土地

用目光温暖每一户贫困的农家

精心打造美丽乡村的样板

把决心与梦想在潜水河畔种下

柔肩扛起风雨的重压
智慧开启乡村振兴的战略
你的心胸很宽
装得下父老乡亲的万千嘱托
你的视野很大
把痘姆的文化向远方深情地表达

致风儿

在诗歌的原野里
播下一粒粒种子
一夜春风
盛开万道绿色

芜湖书院是一盏灯
点亮碧桂园家家户户的眼睛
阅读写作班的书声琅琅
荡漾在龙窝湖的上空

窗外的树木和花草
缓缓挪动
被风簇拥着

宁静的夜动起来了
陪着你的是激动的星子

还有几只猫轻盈的脚步声

夜里
你翻书的声音
芳香了一座城

风起了

——献给诗人风儿

诗歌的汛期来了
有风从大西洋彼岸
吹来
吹皱我后半生平静的心思

我想活着
为了诗，也为了你
你忧愁的眼睛里
我读懂了诗歌的长夜漫漫
你轻盈的脚步中
浮山，没有了重量

偌大的房间里
只剩下孤独和你对话
不，我分明听见
猫在翩翩起舞

诗歌在浅浅吟唱

风起与不起
我的心海
已经掀起万丈波浪

心，永远跪在您的灵前

——写在父亲去世六七祭祀日

没有墓碑

没有刻在墓碑上的遗训

您静静地躺在肃穆的安息堂上

永远地与我们时空隔望

我一次次抚摸您的遗像

泪水像深秋的雨绵绵长长

虔诚的香火燃烧着不尽的思念

沙哑的爆竹是否也在深深地

哭诉柔肠

跪着，让心跟着一起跪在地上

为您斟满三杯酒

敬仰您抚育的恩情万年长

父亲，我们深爱的父亲

您离去的42个日日夜夜

带走我们无限的悲哀和怀想

父亲，您的儿孙来看您了

让我把所有的缅怀写在田间地头

然后生长一种祭祀的亲情

收获心里永存的思念

让我把所有写给您的文字

种在您的周围长成一棵棵苍松

为您挡住夏日的骄阳

为您融化寒冬的冰和霜

祭　祀

——追思逝去的父亲

走在深秋时节雨纷纷的路上

心在默默咏诵那首千古流传的《清明》诗作

寒风阵阵

抽打我遍体鳞伤的心

那次生离死别

我的生活不再有五彩缤纷的颜色

十月

枫叶红了又落下

如同我的心灵碎片瓣瓣滴血

十月

我的思念

就像这荒原上的野草根根瘦长

走在时间的边缘

踩着祭祀的鼓点

我寻寻觅觅

跌跌撞撞

一路奔跑在回家的方向

发泄准备好的哭泣和悲伤

婆娑的泪眼

铺开了思念的图片

曾经温热的名字

怎就成了冰冷的石刻

曾经滚烫的依偎

怎就成了阴阳两隔

让心芽在此刻恣意地疯长吧

我的至亲

就让我羊羔跪乳般

将爱献给您

献给天堂里我的日思夜想

摄影三剑客

——献给任怀群、胡彩喜、管斌三位摄影人

迎着朝阳，披着晚霞

追影三山大地的青山碧波

拍出三华山、浮山的秀丽奇特

拍出莲花湖、响水涧的风景如画

拍出长江二桥的冲天壮观

拍出铜山寺祈福的钟声悠远朦胧

只需轻轻地按下快门，咔嚓……

三山美景一起在镜头里闪烁

这是你们与大自然的亲切对话

这是摄影人心中最美的表达

快乐摄影，摄影快乐

行走于大自然，你们是当代的徐霞客

钟情摄影，专一执着

挥写艺术人生美好年华

多彩生活充满愉悦潇洒

迎着春秋，走过冬夏

逐光三山大地的广阔山河

拍出广场舞大妈飞扬的英姿

拍出三山人追赶幸福的步伐

拍出园区企业机器隆隆的旋转

拍出三山高歌追梦的大气磅礴

诗潮画卷一起在镜头里闪烁

只需调整好焦距，咔嚓……

独揽惬意，你们是三山摄影界的三剑客

把真善美留在人间

把瞬间定格成永恒的画

你们快乐，你们摄影，

踏遍青山，满怀怒放心花

你们摄影，你们执着

绘就三山实现中国梦的醉美诗画

思

月圆了
人缺了
思念故乡，还有
埋在山冈上的爹和娘

万家灯火
点不亮心里的黑夜
余生，背负着忧伤前行

相约黄昏后

约个黄昏
站在汽笛清脆的岸边
放牧一种思绪
寻觅当年依偎的心情
桅杆和白帆渐次离去
风吹打孤子的岸线

这样的季节
江南小城或许正烟雨蒙蒙
愁肠百结
你的风衣该是缀满雨意
不再飘逸　不再婉娩
你温柔的眼神挂满泪珠
弥漫成一片涩涩的苦海
等待落荒的诗人再次泅渡
把失约的心思和盘倾诉

约个黄昏

收拢被风吹瘦了的思念

挂在你虚掩的窗前　风干

等待我饥渴的时候　下酒

渴望缱绻的灵魂重新醉倒

渴望沙哑的风铃再次清脆

撑一柄雨伞　响一路鸽哨

让我们赶在黎明前的雨季出发

去采撷天空那道五彩斑斓的虹

父亲的老屋

父亲生前住过的老屋
已经粉刷一新
弟弟不忍心
让记忆烫痛我们

那台深爱的收音机
已经哭哑了声音
依恋的拐杖躲进旮旯里
再也见不到它钟爱的主人
酒壶上还刻着风雨的印痕
睡过的板床
破旧的渔网
已化为灰烬在风中远行

清明，我急匆匆地赶在祭祀的途中
雨里，寻找您生前走过的脚印

风中，依稀见到您生前的音容
梦里，想听听您咳嗽的声音

孤　独

热闹的夜
困了
周围的一切
远了

孤独的我
提着一壶悲哀
流浪

路灯，打着瞌睡
照不亮
我回家瘦小的影子

远方的故乡
你是否听到我想家的心跳

回　家

雪花发来洁白的邀请
年牵着村庄的手
站在坡上喊我的乳名
回家

把他乡所有的故事压缩打包
行囊就有了归心

回家　回家
有一种牵挂
在心底悄悄地发芽

在秋季，我想起一枚湿润的诺言

秋立枝头
迷人的旋律划破夜的惆怅
轻快的音调把绿色染成金黄
勤劳的庄稼汉握紧镰刀
收获大地丰收的乐章

故乡的风带来稻穗的光芒
来不及躲闪你的妩媚轻盈
目光痉挛
瘦成思乡的一枚弯弯的月亮

爱的幽径追忆昨日的脚印
菊花黄酒在低声吟唱
我，能否变成一枚枫叶
在你的线装书里
吻你翻动文字的体香

我，能否在你金黄色的梦里
斟上月色把祝福的酒一饮而光
我，能否在回乡的路上
等你温暖的风衣
披在我孱弱的肩膀

重回故乡

石子铺就的机耕路
覆盖了儿时东倒西歪的脚印
熟悉的池塘边
再也找不回父亲背起渔网的身影

父亲的渔网
已在风中化作了一缕青烟
只是颤巍巍的二胡声
从遥远的天空中飘来
穿透我的胸腔

从喧嚣的城市逃回乡下的那一夜
我和大弟彻夜未眠地谈论儿时的记忆
细数着没有糖和盐的日子

父亲已经躺在对面山丘的安息堂里

安静地睡着了
不知道这一睡
何时能醒来

词曲作家东吉和金华二位兄长谱写的歌曲
永远回响在故乡的原野上
摸一摸浑身热血膨胀
听一听眼泪哗哗流淌

母 亲

您有一个响亮的名字

母亲

您曾经貌美如花

您曾经青春芳华

为了儿女的快乐

为了家的幸福

皱纹里刻下深深的爱意

白发里藏着生活的辛劳

您一生温柔

您不求回报

您有一个伟大的称谓

妈妈

您曾经圆润如玉

您曾经翩若惊鸿

为了大地的丰收

为了家的微笑
笑容里深藏母性的慈祥
骨子里流淌着如海情怀
您恩重如山
您永远不老

母亲呀，您是风雨中的港湾
妈妈啊，您是孩儿们的依靠

音容与文字永存

——沉痛悼念高正文主席

追忆您的音容

心，一直痉挛彻痛

回忆是一枚枚钢针

针针扎心

那滔滔不绝的语言

如醍醐灌顶

那疾恶如仇的风骨

是一盏照亮我们黑夜前行路的灯

汩汩流动的文字

喂养着饥渴的心灵

不屈的姿势

像泰山一样挺耸

您的精神

照亮安徽文坛一路前行

愿我苍白的悼文
化作一缕春风
随你天上远行

一尾鱼，游不出父亲的渔网

周楼，县级地图上的点
这是我爱恋的家乡
时光的力气再大
也无法搬走心头的根
你手中的笔，有时迎风歌唱
有时黯然神伤

记忆的枝丫，缠绕着炊烟
几粒油星在大碗里搅动
粗茶淡饭的年代，缺少咸味
曾经的老屋瘦骨嶙峋

晨曦和暮色，填满空旷的眼睛
父亲将渔网精准地撒开
潜伏在一口口池塘里，讨生活
用渔舟，为全家托住太阳

在一方水土之上

站在江南遥望，故乡
是依水而生的稻田
一捆捆稻草捆扎的家园
走在哪里，都记住那种枯黄

思念总是开足马力
乡音一寸寸靠近
村口处停顿一下，拍一拍衣袖
抖落的，都是故乡的泥土

清炒地道的农家菜
似鱼尝一根水草的味道
和睦温暖的大家庭
如同墙上悬挂的全家福

如果有来生，我想
我还会选择我的父亲做父亲
我是周楼池塘里的一尾鱼
永远游不出父亲的渔网

惦记故乡的理由

春节欢乐的时光

老乡们用几天的时间挥霍尽光

离别的孤独

锁在空旷的门框上

大弟小弟们携着妻儿

穿梭在城市的大街小巷

一把瓦刀

堆砌风风雨雨的生活

白天站在城市的天空下

夜晚偷望家的方向

故乡很大

大得总是充盈着我的记忆

满满的，犹如儿时雨后村前涨水的池塘

岁月流水，始终没有消退

故乡很小

小得只剩下我苍老的叔伯婶娘

故乡的房屋越来越高
故乡的田野越来越荒凉
山道覆盖着厚厚的残枝败叶
已经无人收拾回家，放至灶前
村东头与村西头新建的房屋
自年头守到年尾
才能迎来主人久违的抚慰
我的父母已经长眠
我还有没有惦记故乡的一万种理由

生活哲理

水 瓶

外表冰冷
却藏着一颗火热的心

爬 藤

依附别人
不会爬出多大的高度

气 球

填不饱的欲望
最终只会粉身碎骨

风 筝

飞得再高
命运总是掌控在别人的手中

向日葵

任尔东西南北风
它的微笑总是朝着太阳的方向

蜡 烛

燃烧自己
用生命的光照亮别人

萤火虫

即使光线再小
也是自己发出的

飞 蛾

为了追求光明
一次次冲向死亡也在所不惜

弹 簧

有一点弹跳的高度
也是外力挤压的结果

钥 匙

只有一心一意
才能打开属于自己的成功之门

塑料花

外表再美

也没有生命的芬芳

锁

总想束缚别人

自己也无法获得自由

空　调

不同的环境下

都能舒逸地生活

垂　柳

即使长成天空一样的高度

也不忘给大地母亲深深地鞠躬

鹅卵石

没有棱角和个性

只有任凭水肆意冲刷

金和铁的相对价值

埋在地下没有被发现的金子

远远不如裸露在地表的铁值钱

垂　钓

禁不住鱼饵的诱惑
就会被死亡的钩子紧紧地钩住

指南针

因为心里有目标
无论走到哪里都不会迷失方向

你就欠我一句话

年关将至
那些刻骨铭心的往事
就会一一浮现在眼前
堵在胸口，很痛很痛

大哥三岁那年
随母亲一道嫁给了陆家
父亲放弃了芜湖江东造船厂
农村人羡慕的岗位，回到了故土
和貌美善良的母亲抚育着五个子女

我九岁那年，母亲咽下了最后一口气
破碎的陆氏家庭，在风雨中摇摇欲坠
那个割掉资本主义尾巴的年代
父亲用一把渔网支起了
全家生活的酸甜苦辣

三个月的幺弟丢在了异乡
至今没有找到回来的路

清晰地记得
父亲在我读初中的母校
站在台上作为反面典型
低下不屈的头颅接受教育
那道刻在心灵深处的伤痕无法缝合

工作后的我深深地懂得报答
几乎把全部的薪水
用于哥嫂一家生活的着落
和弟弟们的娶妻成家
哥嫂去世的前前后后
我的精神世界一同垮塌

如今父亲也驾鹤西去
再欢腾的春节
也无法回到父母在家就在的过去
我也老了，常常在梦中醒来
枕边的泪水多像这寒冷的天

今生今世
我欠父母一个未尽的报答
孩子，你欠我一句暖心的话

第二辑　泥土芬芳

茶韵古镇

——峨桥之歌

来到江南，来到峨桥
茶香花香，阳光正好
牧童吹短笛，炊烟起袅袅
清明柳絮飞，谷雨润禾苗

红的是石榴，绿的是葡萄
执着有金葵，浪漫薰衣草
铜山寺的钟鼓脉动大地的心跳
响水涧的油菜花是三月的歌谣

走过江南，走过峨桥
他乡异乡，相见真好
蓝天下畅游，田野上奔跑
春风里放歌，细雨中拥抱

浮山在眼前，漳河永不老

银杏立千年，清泉涌琼瑶
新徽商的旗帜竖起文化的地标
新时代的古镇吹响出征的号角

来到江南，走过峨桥
风景如此多娇
走过江南，来到峨桥
你会永远微笑

我是一只三山鸟

缩小瞳孔，披着鸟的马甲腾空
染一滴晨露
把朝霞搂在胸口
攥一段枝丫
把夕阳挂在翅膀上盘旋
沿顺时针
与乡亲的脚印重叠

当鸟鸣抵达节气的宽度
种子，最先从指尖起飞
嫩芽，轻呷一口响水涧的水
悠悠地舒展，成为绿色植物
响水涧，羽毛掠过
波纹，在视野里扩散
期待播撒一片浪花
似油菜花的黄，不断在田野辽阔

大写的茶市，一步步逼近
南来北往的粗犷方言
与娓娓道来的叫卖声
碰撞出混合型的味道
似刚刚冲泡的一杯茶
漂浮的花骨朵，在水里歇脚
装点一片浓缩的茶园
穿过时光的缝隙
千年银杏的发髻被微风梳起
树冠，一笔落下去
年轮的故事溢出
情节似繁体字的笔画
额外多了一些曲折
羽翼划过的轨迹
铜山寺的钟声，穿插其间
祈愿的唇，抹一道道口红
然后系在树梢
似钟摆在涌珠泉的心底洄游

三山，给了我山水
给了我视野的纵深
随便啄开一颗果实
都有饱满的庄稼
不再往别处飞了
这里离幸福最近
衔一些草木泥土，在此筑巢
因为我的鸣叫
早已沾上了三山的口音

龙窝湖鱼汛

龙窝湖的水面上航行着许多船

就像天上的星星

倒映在波光粼粼的水面上

渔民们在迎风的浪尖挺立

一网网下去

撒下满湖的期待

笑语阵阵　鱼儿满仓

捕捞的是满船的欢畅

龙窝湖的岸上停放着数不清的车辆

全国各地的商贩慕名云集

他们用大把大把的钞票兑换鱼汛

然后把生活的芬芳

输送到千家万户的餐桌上

我不想站在岸边观望

我渴望有一条小舢板

摇着欢快的心情，下湖
和渔民一起打捞丰收的光芒

杨村的春天

绵长的漳河蜿蜒而来

滋润着杨村生生不息的炊烟、民谣和爱情

关西孔子杨震的四知遗风遗训

滋润一代又一代杨氏宗族的人丁兴旺

慕名，不是为杨万里的诗而来

十里杨村，一路花开

民俗，披上节日的喜庆

乡风，点燃文明的灯光

打开党章，每一名党员热血流淌

举着拳头，为群众着想的目光把红旗高高地仰望

我是杨村，左边是约十四亿人站立的木字桩

右边，大写的杨字头上顶着辉煌的希望

春风吹不皱杨村河的涟漪

杨潭的秋泛起太阳的金光

十里杨村，是一条烟波浩渺的十里画廊

阅读你，每一处都是动人的文章

十九大的春风从北京吹来
杨村家家户户的门楣上贴上了喜庆的吉祥
撸起袖子跟着习主席指引的方向
十里杨村，快速奔跑在致富奔小康的大路上

柿子熟了

熟稔的灯笼，火红高挂
十月的枝头
缀满唇齿间的诱惑
不安分的树叶
在秋风中，籁籁起舞

满树的柿子
列着方阵
接受主人的检阅
秋的脸颊
荡漾着金黄的笑意

满枝的果实
挤挤挨挨地簇拥着
丰收的喜悦

龙窝湖夕照

夕阳挂在天边
涂一抹金黄
在龙窝湖的脸上
鱼儿，住在水的中央
打着冷战
在水底孕育子孙后代

蒹葭，似一个个白发老人
站在岸边，捋着胡须
吟诵着《诗经》
碧桂园，着五颜六色
在秋风的鼓动下
把多情一一裸露

大美旌德

旌德的山，山涧有淙淙流淌的泉水
旌德的水，水中有连绵起伏的峰峦
旌德美，美如画
泼墨折笔
只为临摹你的神奇秀美
勾勒你的曲折线条
四方游客满目的痴醉
梓山是一块站在天地之间的翡翠
三桥锁翠，锁不住旌德儿女的婀娜妩媚
清风潜入
家家户户青色灰瓦下的门扉
灯火阑珊处
探问那一抹幽庭芳闱
不见皖南唯有在过往里追随
元代王祯用一本农书
喂养着二十四节气

版书镇的版书彰显着古老与现代的文明

木活字在宣砚的芬芳中演绎汉字的神奇

江村的科举之风还在呼呼地刮着

江上青烈士视死如归的精神荡涤后人赶超的步伐

周而复江泽涵用文字数字求证旌德儿女的聪颖智慧

一代又一代人在实现中国梦的路上激情迸发

高楼的手在触摸蓝天白云

匆匆的脚步在追赶江沪浙

大美旌德讲述着一个又一个幸福的故事

绿色旌德魅力旌德健康旌德正在书写奋发向上的神话

奔小康的路上

南来北往的游客把四面八方的资讯向旌德一一输送

高铁载着浓浓的乡音和国际慢城的名片向世界各地传播

走过旌德

八月的风把一片片云

吹到旌德的上空

我们睁大眼睛仰视

带上散文走过

不落下一片山水

旌德像徽州的大门

推开一道门缝

就可以领略黄山四绝

旌德头枕长江

把梦想覆盖在青山绿水上

地名闪烁着古色古香的光芒

点缀在皖南的腹部

高铁的车鸣串起江南

一条精彩的线路

在旌德的站台停留

元代王祯用一本农书

耕耘二十四节气
木活字把宣砚之乡印刷
父子进士灿烂着人文
江村与文庙深厚着底蕴
朱旺把与水有关的谚语
变成规则传承至今
还有那旌歙古道
在散文家的笔下延伸
小动物们衔着草本植物
在"徽州粮仓"里跳跃
如旌德人生活的慢动作
在幸福的指数上不断攀升

写在三山的大地上

你从远古的三华山传说中走来
你从渡江战役鲜红的枪林弹雨中走来
你从长江经济带雄浑的交响乐中走来
古老与现代的文明在这里久久碰撞
速度与力量的旋律在这块土地上深深地奏响
十年，三山的大地上
奋进的手臂垒砌城市化崛起的高度
铿锵的脚步迈向现代化发展的主战场
寻梦的目光追赶太阳金色的光芒
三山，是一枚从油画中走来的江南小城
三山，是一帧在白纸上描绘的现代画卷
三山，是一首耳熟能详的歌谣
三山，是一座向天空挺拔的立体桥梁

到三山，我们多么想看
万亩油菜花铺开的金黄

碧波浩渺龙窝湖的波光荡漾

千年古寺铜山银杏树演绎的沧桑

响水涧身着四季如画的霓裳

到三山，我们多么想去看

长江二桥在空中划出的一道彩虹

去江边捡拾一枚鹅卵石

砸向历史的深度，溅起冲天的浪花

仰望人民解放军横渡长江滚烫的纪念碑

我们荡气回肠血脉偾张

到三山，我们多么想听

格力恒安集瑞卡车机器飞速旋转的轰鸣

长江岸线万艘船舶驶向海洋深处飞溅的涛声

工业园区劳动者挥汗如雨的号子声

和着皖江经济带飞速发展的大合唱

绿色三山正舞起盛大的裙摆

用长江和漳河做四季的横批

用三华山浮山制作迎风招展的彩旗

在莲花湖龙窝湖的水面上搭建宽敞的舞台

敞开怀抱迎接四面八方客人的到来

奋进的三山人

追梦的三山人

用勤劳用智慧用激情用胆识

耕耘着这片充满活力和希望的蓝天

耕耘在这铺满唐风宋韵的土地上

三山的春天（歌词）

党旗飘　党徽映

奋力拼搏三山人

长江漳河飘玉带

油菜花黄摇芬芳

党员干部树榜样

建设家园最齐心

你看那

经济战场我上阵

防汛抗洪敢冲锋

两学一做做表率

我把群众当亲人

啊　勤劳的三山人

啊　智慧的三山人

众志成城　合力齐心

同谱一首致富曲

三山富　景色美

敢为人先三山人

民生工程惠民心

教育硕果捷报频

长江二桥空中飞

万砼巨轮远洋行

你看那

万亩圩田绿葱葱

农民丰收乐盈盈

彩旗招展迎风飘

声声歌唱颂党恩

啊　深情的三山人

啊　快乐的三山人

血脉紧连　心心相印

同心共筑中国梦

同心共筑中国梦

共筑中国梦

华阳洞石刻

天变不足畏

祖宗不足法

人言不足恤

被刻上文字之前

这些石头是野蛮的

好石头都在此修炼

经过修炼

它们才达到如此深度

变革　辞官　愤怒

一切只为江山永固

但一个朝代的界桩

已随着时代变迁

而挪动

王安石死了

九百多年

北宋的风还在历史的长河里

他的三不足精神刻在石头上
刻在后人的心里
很深很深

山水含山

含山的山，山涧有奔腾的泉水

含山的水，水里有倒映的峰峦

含山，每一次靠近我都心潮澎湃

含山，每一次离开我都步履踉跄

德胜河的水

流淌我的向往

清溪含眉的茶香

滋润我的心房

含山的山，可以抵达你的仰望

含山的水，不会冲淡你的妄想

打开一枚石头

石头会开出

翻山越岭的花样

蜂拥而至的人群

就像蜂群一样　嗡嗡

酿出蜜来，甜醉含山人的幸福模样

大渔滩的荷花

仿佛长出了耳朵

花瓣绽开

狂舞　它要在群峰之上

掀起大海的波浪

千年古道，数不出你踌躇的脚步

伍子胥的白发，根根记住你的痴狂

那块引人入胜的招牌

仍伫立洞边，通体透红

我们不会　也会记得

王安石回家的方向

即使我有一天老去

请把我的灵魂安放在褒禅寺的身旁

傍晚路过黄墓

傍晚穿过黄墓

小镇出奇地安静

很多旧房子空了

屋檐上几根衰败的草

在风中摇晃着瘦弱的生命

长长的巷子

伸向远方

沿街的店铺

已经没有往日繁华的容颜

三三两两的主人

从一道道斑驳的门槛里走出走进

渡口无人

低矮的烽火台

闻不到黄盖驰骋战场的烽火硝烟

漳河的水静静地流淌

仿佛在诉说三国时代日渐消逝的故事

古城墙的影子砸来

我躲闪不及

和几位友人夺路逃遁

峨桥印象

三月，春风策马而来
雨，扬着纤细的臂膀
撒下绿色，飞过小镇
浅浅地，印染她的衣裳
万顷油菜花，抹峨桥一脸金黄
敞开的田野，仿佛露天金矿
江南第一茶市，佩戴在峨桥的胸前
沸腾的茶香，收紧游客匆匆的目光
铜山寺的时光，把钟声喂养
唐朝的风，依旧在浮山的额头飘荡
千年银杏记载着繁华和沧桑
响水涧的泉水，醉倒一湖春光
土地把奔忙的犁，磨砺得锃亮
镰刀，割每一道丰收的光芒
走进你，庄稼就是我生活的爹娘
抚摸你，笑容在心窝里滋滋生长

宁安城际从你的地心穿过
把乡音飞速地传递给远方
长江二桥竖起梦想的根基
彩虹下浪花欢快地荡漾
感叹语和形容词一路追赶
古镇玲珑的身影，撒一串惊叹
未来的蓝图，大写在苍穹之上
流淌的诗行，弹奏着动听的琴弦
峨桥，徽商新茶路早已鸣笛启航

醉在西河摇曳的风里

梦里，西河
西河，梦中
寻觅，那六百年的生命
是否还游弋在青弋江逝去的水中
水在河里静止不动
房屋摇晃着瘦瘦的堤埂
长着青苔的石板路
回忆徽商当初辉煌的叫卖声
渡口在抚慰过去和现在的伤口
摩肩接踵的足迹在丈量游客的惊艳
画家的笔
在描绘西河古镇的沧桑与文明
风的手
在高速的路口招揽
我对西河古镇的留念重重地放在心头

诗四首

石　阶

一节节
抬高我的想象
诗的翅膀
飞在
油菜花盛开的意向

泉　水

滴水的轻
洞开
我的心慌
我怕，一口喝了
迷失回去的方向

翠 竹

根，深深地扎在土中
叶，相触在云端
搂一搂你细长的腰肢
和你一起在风中舞蹈

东山民宿

摸一摸早醒的阳光
听一听晚睡的虫鸣
和小草的呼吸声
我，远离尘嚣
宿在农家小屋
用手机随意地一摇
就能摇来白云飞翔的翅膀

三山，一幅美轮美奂的山水画

弦歌浩荡，八百里皖江滚滚东流

三山是镶嵌在岸边的一颗璀璨明珠

长江漳河是柔肠，牵挂着人间烟火

并滋润着两岸的炊烟、民谣、爱情

以及无边的月色

沿着阳光的指引

请允许诗人们，以一朵花的姿势

打开三山秀美的山水画卷

翻阅三山十年辉煌的诗篇

溯流而上

一册线装的光阴里，走过

汉代的周瑜，唐末的孙端

以及宋代的文天祥等英雄豪杰

安置过铜山寺的李白，三华山的姚鼐

和王安石的十里桃花，杨万里的江水煮茶

古老的三山，历经岁月的冲洗

是储存在记忆里的一叠黑白胶片

灵秀峻奇是疏朗有致的线装书

烟波千顷是酣畅淋漓的水墨画卷

如今的三山，新枝茁壮十载

十年，三山的大地上

我们和政策一道解读

我们和时间一道飞翔

我们和机遇一道赛跑

我们和江水一道歌唱

莲花湖公园从传说中走来

偌大的水面就是一朵盛开的睡莲

蓝天的倒影中，鱼儿和鸟雀一同飞翔

花朵喷出鲜艳的笑声

音乐的喷泉，开始歌唱

五彩斑斓的幸福生活

原生态湿地龙湖，自然的颂词

蒹葭顶着一头白发，守着

《诗经》中的诺言

在水一方的伊人，已换上

迷人的霓裳，乘着渔舟踏歌而来

千顷碧波和阳光建成的柔柔机场

无数的水鸟和白云，在一次次

练习起降

响水涧的春天里

蜜蜂背着单弦在春风春光春色里弹奏

油菜花似一朵朵身着

金黄绸缎的少女

时间的安静里，风吹过

衣袂飘飘，喊醒多少唐诗宋词

千万吨黄金的美，涂抹

丰收的色彩

碧桂园，一座座鳞次栉比的高楼

如雨后春笋，攀爬阳光

梦想抚摸蓝天的额头

江南第一茶市

穿越千山万水

让所有舌尖撑破峨桥茶市的梦

让家家户户沾满中国味道的喜气

听，工业园区劳动者的号子呼声震天

机器飞速旋转奏响经济繁荣的乐章

看，长江二桥在空中划出一道彩虹

连接江南江北欢乐的心跳和梦

谁点击改革开放的鼠标

一次次刷新三山的面貌

三山的山，山间有叮咚的清泉

三山的水，水面有起伏的峰峦

山光树影掩藏着说不完的故事

如此春光大好，让我们一起放歌三山！

放歌三山！放歌三山吧！

保定，扬起飞翔的翅膀

渡江第一船的摇橹声
似一道道霹雳
劈开黎明前胜利的曙光
胡振球烈士视死如归的英勇气节
带给一代代保定儿女奋进的力量
保定，从腥风血雨中坚强地走来
共和国的史册上记载着一笔沉甸甸的荣光

历史翻开了崭新的篇章
智慧的保定，正在书写崭新的辉煌
听，工业园区创业者的脚步铿锵
北师大学子的读书声一浪高过一浪
莲花湖的音乐喷泉在月色下翩翩起舞
无公害蔬菜在白色的原野里舒展绿色的诗行
安置小区一排排站立
俊俏的模样就像出嫁的新娘

欢庆的锣鼓敲打丰收的乐点
迎风的彩旗在保定新城的上空高高地飘扬
今夜，魅力的保定张灯结彩
今夜，保定户户洋溢着醉人的吉祥
今夜，和谐的保定成了欢乐的海洋
合力谱写，万人齐唱
保定，昂首阔步追逐新时代新征程的梦想

诗意五月

风风雨雨的雨
穿透大地的胸膛
熟稔的庄稼
喷涌火红的季节
鸟儿的歌声划破清晨的宁静
炊烟驮着梦想
挂在故乡的天空

石榴，鼓起圆圆的思念
像一个临产的少妇
撑起故乡丰收的景象
田野里的麦穗
扬起高高的头颅
一浪高过一浪
等待开镰的深吻
五月的村庄

蛙鸣情不自禁地敲打大地的鼓点

炊烟　汗水

和花香一同飘扬

不夜的灯火

摇曳着欢乐、璀璨、吉祥

五月的村庄盛开美丽的心思

记忆的翅膀飞向远方

诗歌，在粽香的诱惑下翩翩起舞

游子思乡的目光

被五月一一点亮

年 味

腊月抬起兴奋的头
迎接四面八方归来的
乡亲
雪花和灯笼打情骂俏
喜庆的爆竹声在兴奋地舞蹈

唢呐声牵着抬花轿的
队伍
一路欢腾
迎亲的目光
奔走相告
故乡的眉梢
挂满了红红的喜事

新娘的妩媚
点亮家家户户的笑容

大把大把的囍字
晒在厅堂的中央
济济一堂的乡邻
推杯问盏
把祝福的话语
——灌醉

舌尖撑破新春欢乐的
味道
整个村庄跟着一起
度蜜月

年，已过完

红红的春联还没有褪色
在短暂的快乐、团聚和
喧嚣之后
我的大弟和小弟
收拾好难舍难分的情绪
向打拼的城市出发
左邻右舍的儿时伙伴
也，牵着一缕缕
眷恋的目光，开始
悄然地离开故土家园

一场春雨来得正是时候
缓缓落在，尚有些
料峭的春寒里，落在村头
刚刚萌绿的那株老槐树的头顶
打工的父老乡亲们，拖着

村庄蜿蜒小路一条茫然的尾巴
一步一回头，背后的家园
越来越小，重新陷入孤独和荒芜

元宵节

圆圆的思念
包在妈妈的汤圆里
所有的花草，从梦中跳出
在暖意的月色里，载歌载舞
冬天，夹着冰冷的尾巴
悄悄地向正月的边际遁去

灯谜，张开诗意的笑脸
把幸福一张张打开
喜庆的灯笼，点亮星空
生活，在正月的灶台上热气腾腾
一年的期盼，在春天的鼓励下
向梦想飞奔

怀念二月

欢腾的年味

已经走远

山岗，原野，柳树，桃花

一直没有尽情表达自己的颜色

农事和谚语

找不出深耕细作的理由

一年的心思和二月一起

在雨水中浸泡着

乡亲们，来不及把掏心窝的话说完

就收拾行囊

连同乡音一起背走

故乡在渐行渐远中模糊

把身体埋进城里

把灵魂和牵挂丢在家乡

种下一垄垄春的梦想
期待着生根发芽

九月的故乡

淅淅沥沥的小雨

穿透大地的胸膛

熟稔的庄稼

喷涌火红的季节

鸟儿的歌声划破清晨的宁静

炊烟驮着梦想

挂在故乡的天上

叶子，如一片燃烧的火焰

照亮村庄的秋韵

田野里的麦穗和稻谷

扬起高高的头颅

等待开镰的深吻

九月的村庄

一草一木，到处都是泼墨的痕迹

透过骨子里的秋色

那是乡亲父老丰收的喜悦

九月的村庄盛开着美丽的心思
想家的信笺托给南飞的大雁
诗歌，在桂花酒的诱惑下翩翩起舞
不知是谁家的孩子
在广场放飞九月的梦想
我用生命的高度聆听
一个缀满诗意和稻香的村庄

在秋风的季节邂逅二坝

没有清脆的汽笛声
把我从江南江北渡来渡去
秋风时节，我是一个重回故乡的游子
从江南水乡贴紧江北母亲温暖的怀抱
久久不愿离开

和煦的阳光　牵着
我的衣角一路走来
金色的稻浪　轻吻
我的脸颊喜笑颜开
好客的阿婆　用纯正的乡音
邀我在四合院里品尝生活的甜味

蛟矶烟浪的烟波里跌宕古老的历史风云
美丽的武村书写着新时代的文明新风
古老而年轻的二坝

像一位妩媚的新娘
站在季节的封面
舒展妩媚动人的幸福情怀

周楼，一个炽热的小小家园

这里是开花的乡土，风吹
稻花的故乡
这里经纬般的河流，流淌
虾米鱼儿欢乐的歌唱
这里乡村别墅成行，院落里
住着幸福的阳光
丝瓜手脚并用，爬上院墙
成熟的石榴，咧开嘴
泄漏生活的甜蜜
鸡鸭鹅，这些乡村歌手
时不时地，吊吊嗓子

我写的是周楼，我走不出去的
一位游子的村庄
含山地图上，一个小小的家园

白云在蓝天写下

吉祥的诗行

鸟雀敛翅，怀抱着小闹钟

蹲在窗口的槐树上

这里的桃树杏树枣树

仍挂着童年快乐的记忆

这里的田间地头

仍氤氲着青春的气息

这里有手足相连似海的深情

这里有父亲一抔刻骨铭心的怀念

此刻，我身体里流淌着一条清澈的河流

多么熟悉！父亲的渔网

一次次撒下，捕捞

生活的艰辛，人间烟火

这灼痛眼睛的画面，已排成

分行的文字

谱出深沉的旋律，录进

时光的唱片

一遍遍擦拭怀想

这里是开花的乡土，游子

异乡的深呼吸，抑或加速的心跳

周楼，流淌着

诗人血脉里的浓浓乡情

珍藏心中的

一个炽热的小小家园

如风的骑行

——献给"健康安徽"2018年环江淮万人骑行
大赛三山站

浮山的微风

翻过响水涧的大坝

迎面吹来

和煦的阳光

几粒清脆的鸟鸣

挂在树梢

一浪高过一浪的加油声

疾速地　疾速地

在山谷间荡漾

汗水顺着太阳的脸颊流淌

看那——飞奔在蓝天白云下

英姿飒爽万种风情

看那——穿梭于青山绿水间

意气风发燃烧着无限的激情
运动如此美妙
青春神采飞扬

如风的骑行声
是秋姑娘脱去的御寒外衣
唤醒了河底沉睡的鱼
打湿了云飞翔的翅膀

如风的骑行声
是雨后田野期盼的色彩
沿途的金菊花　抬头张望
秋风要宴请　叮当当的
翠绿和扑腾腾的枫红
又怕得罪了
站立在田野中稻穗的金黄

如风的骑行声
是挂在游子心头上的那缕炊烟
把思乡的心　煮得滚烫

来吧　脱下疲惫的外衣
来吧　清空烦恼的惆怅
抖擞精神　和青春的三山一起
律动　骑行　奔跑　歌唱

陶辛荷韵

菡萏，顶着六月的花事
在水中摇曳
水乡，披着七彩的阳光
在湖面流淌

鱼儿静静地游在水中
吐出湿漉漉的荷韵
蛙鸣，敲打丰收的鼓点
点燃夜的躁动

片片月色　滴滴雨露
催生钟情的邂逅
为夏天写上一个欢快的故事
少女几许透明的心事
在荷叶下疯长
谁能读懂那藏在眸子里的渴望

一朵朵莲花，翩翩起舞
点亮泥土深处绿色的灯盏
多情的荷花，把炊烟和晚霞
在湖心里摇晃

红　舞

裙摆轻盈，辗转腾挪

舞动，夏夜的激情

灵巧的双臂迎风打开

把红彤彤的欢乐，贴在脸庞

几声蛙鸣，在心窝里流淌

湖水潺潺，在耳畔回荡

埋在七月里的祝福

等待你，踩着幸福的鼓点登场

从一袭红裙里，伸出手臂

传递，三华山的祈福

灵动的腰肢，婀娜游客的目光

发髻盘旋妩媚

闪耀，莲花湖曼妙的舞台

风动足尖，在花的心海

点亮，阵阵灿烂

尖尖的手指，暗藏几朵星光

或急速旋转，或轻挪慢移

一个动作，一个眼神

触摸淋漓尽致的境界

你，对着湖景仔细梳妆

心和白云一起飞翔

顺着你指尖开花的方向

闭上眼，也能闻到满湖的荷香

默契，像一枚石子

击中深藏的心思

幸福的涟漪，一圈圈散开

共鸣，三山欢乐的胸腔

题芜湖滨江公园雕塑《一家三口》

天沉，星残

风高，浪狂

三口一家挺立江边

把岁月的苦扛在肩上

把生活的累踩在脚底

绷紧信念

日夜死守城市的堤防

用勒紧的纤索弹奏旋律

用昂扬的臂力拉出歌唱

洪峰冲不倒

暴雨淋不垮

一步压实一步

把幸福的日子拉近拉直

广场舞

——献给三山区社区广场舞大赛

你是夜幕下跳动的风景

你是大地上绽放的花蕊

凹凸起伏着三华山的绵延

你是飞来的一只只蝴蝶，在龙窝湖的画廊中

醉了江南的云烟

修长的玉腿抖动皎洁的月光

让无数人产生悠远的遐想

娇艳玲珑了优美的曲线

和东方佳丽的妩媚

舞步翩翩摇曳六月的热浪

笑容和欢乐的心跳一起飞翔

你是星空中绽放的一簇簇美艳

手中的绢扇，旋转着缠绵

脚下的舞步弹奏着时代的足音

舞池里倒映着

一层层美轮美奂的涟漪

你握住苍老，永驻了容颜
在三山的大地上，把芬芳激情地摇晃
广场舞，你是东方女子热情奔放的爱恋
生动了三山的美颜，更美丽了江南六月的天

城市美容师

你比太阳和小鸟起得还早
你比月亮和星星睡得还晚
一年四季，不辞辛劳
夏日，头顶骄阳似火的炙烤
冬日，忍受寒冰的浸泡煎熬
一把扫帚描绘大地的绿色
一生追求大地干净的外表
春夏秋冬，刷新城市的面貌
风霜雨雪，提升生活的标高
你，可敬的城市美容师
你用汗水挥洒每一座城市无上的荣耀

站立的风景

——献给碧桂园可敬可爱的物业保安们

你们是小区的守护神

你们是物业的巡逻兵

清晨，你们迎接第一缕早醒的阳光

深夜，你们送走迟睡的星星和月亮

风中，你们踏响坚实的脚步

维系着小区四面八方的安宁

夜晚，你们迈出矫健的身影

守卫着家家户户温暖的灯光

岗亭，你们挺立的姿势

拥抱居民早出晚归上班和回家的笑容

偌大的龙窝湖，有你们才显得风平浪静

如画的碧桂园，有你们才显得妩媚动人

蚊虫叮咬，你们毫不在乎

风雨雷电，你们毅然前行

争执纠纷，你们春风化雨

假期节日，你们也想团聚的亲人

选择了这个行业
就像选择了保家卫国的军人
站着，就要站成一道亮丽的风景
睡了，仍然睁开一双铮亮的眼睛

阿玲的葵花梦

一张张圆圆的笑容
邀来四面八方惊艳的目光
一粒粒饱满的果实
在秋的枝头摇晃着璀璨的芳香
主人执着的守望
在绿色的田野里深情地绽放
形容词在描绘创业者的梦想
收获，悄悄藏在期待里面
凝聚成饱满的回味
一颗一颗

当秋风
带来大地召唤的声音
朴实的庄稼汉，在细数着
每一个阳光照耀的日子
每一个期待黎明的梦乡

那个叫阿玲的姑娘
像向日葵一样闪烁着金色的光芒
那个叫阿玲的姑娘
把凡·高的画涂抹在天空的脸上

向日葵，一枚秋天的太阳

——写给阿松阿玲的葵花园

你来与不来

我都独自盛开

静静地站立在深山和彩云间

一朵朵　一簇簇　一片片

涂抹金秋的封面

摇曳多情的思念

向日葵的秋天

沉醉在江南梦的甜美里

低眉是亲吻大地的一曲颂歌

远眺又是一番浩浩荡荡的敬礼

晶莹的露珠装点着光阴的碎影

俊俏的笑容点燃乡村的炊烟

等待秋天

就是为了在秋天妩媚

漫野花开　黄绿涟漪

就是为了绚丽之后
化作大地的膏腴

向日葵
盛开在我们的童年的回忆里
九月的向日葵
秋风为你梳妆
秋雨为你沉醉

九月的向日葵
你是大地妩媚的新娘
我是一枚多情的护花王子
夜夜枕着你的花香入眠

板石岭的春天

皖南的腹地，藏着一幅油画
画里画外，住着不忍打搅的世外人家
峒山阮，石头里开出语言的花朵
板石岭，一颗中国版图上小小的美人痣
点缀着大山深处的美景春色

三千年的银杏树记载雷电风雨的过往
仙女湖，在叙说心跳加速的神话传说
第一次走进，仿佛一万次走进
迷入其中，方向失明，不止前行

竹海滔滔，向天空弹奏动人的乐章
远山含情，在原野大地书写绿色的诗行
南来北往的爱恋丢在这里
携甜醉的乡音俚语走向四面八方

一抹乡愁里，栽下美好乡村万千期待的种子
追赶的脚步声中，一个富裕的梦境正在发芽

第三辑　引吭高歌

幸福峨桥

——写给峨桥2017年民生工程文艺晚会

今夜的峨桥，风邀云一起漫舞

茶商在和陆羽谈论茶道

序幕娓娓打开秋的静美

舞台被幸福的目光缠绕

十二朵玫瑰开在江南的心头

一曲琵琶，奏响水涧的潺潺流水

打开诗章，吟唱梦里的世外桃源

今夜的峨桥，日子携着悠闲漫步

旗袍，沿着想象的方向打开缺口

折扇，摇曳古镇的月光

黄梅小调飘着茶香的味道

淮九路延伸梦想的根基

茶产业助力峨桥的二次领跑

茶韵小镇，民生工程点亮家家幸福的灯光

油彩峨桥，开启新时代新航程的目标

欢乐三山

——写给三山区"喜迎十九大·民生惠万家"中秋文艺晚会

幸福的目光

皎洁的月光

璀璨的灯光

今夜，一起照耀在三山人幸福的脸上

欢腾的锣鼓声

祝福的歌舞声

思乡的吟诗声

今夜，一同在三山大地澎湃的胸膛里回荡

文化三山，装扮三山春夏秋冬妩媚的封面

魅力三山，激发八方客商投资创业的梦想

桂花芬芳，打开了三山家家户户的门窗

八月十五的日子，点亮游子回家急匆匆的行囊

今夜三华山醉了龙窝湖笑了，三山成了欢乐的海洋

拉丁舞幼儿舞太极广场舞旗袍秀五彩斑斓

年老的年少的，一起在舞台上比赛幸福的模样

民歌京剧黄梅小调丝丝入扣声声缠绵

男的女的专业的业余的
一起放歌把深情献给伟大的党
中秋的三山端起节日的酒杯
共祝伟大祖国的六十八岁华诞
十月的三山穿上华丽的服装
一起为党的十九大翩翩起舞振臂欢呼

无为，从历史的风雨中走来

六洲暴动此起彼伏的枪炮声

还在耳畔轰鸣

民族英雄戴安澜的怒吼

还在中缅的崇山峻岭间回荡

新四军军歌，让一代代后人血脉偾张

渡江登陆第一船沉重的划桨声

从泥汊的江岸使劲游来

拨开了黎明前胜利的霞光万丈

奔跑的阳光擦洗着岁月沉重的影子

温润的风托起残碎的梦

以及无数仁人志士忠诚的魂

无为，就是一本红色的教科书

抚摸历史的额头

无为从古老的文明中走来

米公祠静静地躺在岁月的河流里

米芾飘逸的书法狂草着北宋的辉煌

拜石上刻下千年风雨的虔诚

无为不再是保姆大县和贫穷的代名词

人民广场站在无为的封面

仰望着蓝天白云的高度

五彩斑斓的万亩花海

装帧无为现代化的文明

如今的无为，大有作为

无为，乘着梦想的翅膀

翱翔千里

高铁装满无为浓浓的乡音

呼啸而去

电缆载着无线电波传递着无为的最强音

长江二桥就是空中绚丽的彩虹

连接江南江北跨江发展的梦

秦惠兰

你，一枚从烟雨江南深巷里走出的大家闺秀

你，一枚从舞蹈王国中破茧而出的亭亭玉女

你是秦时的明月汉代的玉

你是唐朝的诗宋代李清照描绘的词

蕙质兰心，心像湖水般透彻

美丽人生，生如夏花般绚烂

翩翩起舞，舞出精彩音符

翰墨书香，挥洒不老青春

舞台上，或动或静

你是四季永远绽放的花朵

书房里，或站或伏

你在画海中尽情地遨游

激情，在心中燃烧

笑容，开在青春的枝头

歌声，在岁月里自由奔走

用脚尖，写出一首首舞蹈的诗歌
用玉指，绘就一幅幅曼妙的蓝图

火红的七月

红色的七月

红旗漫卷，惊雷阵阵

沙漠翻卷，军歌嘹亮

共和国的大阅兵

在大漠深度，跌宕着世纪风云

朱日和，惊艳了全世界的目光

红色的七月

军旗猎猎，血脉喷涌

威风凛凛，震慑四方

一代伟人的铿锵话语

在华夏大地上久久地回荡

强军梦托起共和国喷涌而出的红太阳

风帆从这里高高地升起

红旗在这里高高地飘扬

军威在这里发出最强的呐喊

脊梁在这里站成冲天的模样

红色的七月

让长城和泰山一起舞动

让黄河和长江一起荡漾

祖国啊，为您斟上一杯祝福的美酒

把祖国大地醉成欢乐的海洋

让我们高举铁锤与镰刀

一起铸就繁荣的中国

9·18的警钟，永远响彻在中国的上空

八十七年前的今天，中国的版图上

天空乌云笼罩

大地被撕开一道道鲜红的血口剧烈地颤抖

长江黄河在怒吼在咆哮

掀起汹涌万丈的冲天波涛

巍峨的长城泰山没有挡住倭寇的腥风血雨

像一根被随时拧断的麻花

东北虎没有雄视四方威风凛凛

觊觎已久的小鬼子竟敢在虎口拔牙

东北三省一夜间在他人铁蹄的践踏下

多少仁人志士为保卫家园屈死在刀下

哪里有压迫哪里就有正义者反抗的控诉

保卫每一寸土地是我们誓死不屈的铁骨铮铮

十四年的抗日战争，我们用正义赶走了野兽的入侵

历史的风云已经跌宕了八十七年

每一位中华儿女都不能忘记9·18

每一位中国人民都要铭记那惨绝人寰的南京大屠杀

十四年啊，我苦难而坚强的中华民族

面对刺入心脏的刀枪，我们没有害怕

面对狂轰滥炸的炮弹，我们没有倒下

吃皮带啃树皮，我们必须挺直腰杆

打败日本帝国主义的无端挑衅

中华儿女每一个人都是黄继光都是董存瑞都是邱少云

井冈山的杜鹃花流淌着烈士的鲜血

大渡河的枪声没有封锁红军前进的号角

延安窑洞的灯光彻夜亮着毛主席智慧的光芒

两万五千里长征的步伐是我们走向胜利的生命线

大刀向鬼子们的头上砍去　砍去　砍去

《义勇军进行曲》《黄河大合唱》还在民族的血液里澎湃流淌

八十七年历史的潮流滚滚而去

我们岂能忘记历史的耻辱

中华民族世代不会忘记刻在心里的无法弥合的伤疤

更不会忘记先烈的忠魂和今天的和平不易

世界动荡不安

周边还有觊觎不死的幽灵在游荡

我们必须时刻擦亮警惕的眼睛

我们必须警钟长鸣奋发图强

我们永远记住一条，只有振兴我大中华

才能牢牢地扎紧960万多平方公里坚不可摧的屏障

历史和实践无数次验证着一条颠扑不破的真理

落后就要挨打，强国必须强军

人不犯我我不犯人是我们向联合国永远的承诺

谁也拦不住历史滚滚前进的车轮

谁也无法粉碎中国人民实现中国梦的伟大理想

历史不能忘记

人民不能忘记

共和国不能忘记

9·18的警报声时时刻刻刺痛着我们的每一根神经

时时刻刻在中国人民的耳畔激荡

毛主席，祖国和人民深深地缅怀您

九月九日，全中国不能抹去的沉痛记忆
九月九日，中华儿女一起铭记的揪心日子
那个难忘的一九七六，一代开国领袖离我们远去
江河呜咽　群山垂首
日月惆怅　星辰无光
祖国为您默哀
华夏儿女把您深深地怀想
走进庄严肃穆的纪念堂
全世界一次次瞻仰您的遗像
泪水像奔腾汹涌的黄河和长江
是谁，以革命家独有的胸怀
点燃了星星之火可以燎原的希望
是谁，用两万五千里的脚步
丈量中华民族迎接黎明前胜利的光芒
是谁，用一滴滴鲜血
染红了东方与国旗的红色梦想

是谁，用马列主义的先进理论

武装中华儿女解放全中国的决心和思想

是谁，激情豪迈用诗歌掀起冲天的巨浪

是谁，站在历史的风云上

喊出美帝国主义和一切反动派都是纸老虎的雄浑胆量

您，我们永远爱戴的伟大领袖

毛主席，您是我们心中永远不落的红太阳

而今，举国上下正意气进发

而今，中华民族正脚步铿锵

一带一路印证中国制造中国力量

金砖五国正在传递中国声音中国能量

五大发展理念正挥动着中国飞翔的翅膀

敬爱的毛主席，我们永远继承您的遗志

把伟大的红旗染得更红

把雄浑的国歌唱得更响

把中国特色的社会主义道路走得更稳

在习主席的英明指引下

约十四亿的大中华万众一心斗志昂扬

疾速奔走在实现中华民族伟大复兴中国梦的路上

十月，我们和祖国一道放声歌唱

——观看十九大开幕式有感

十月，金色的十月

北京，万众瞩目的北京

十月，辉煌的十月

北京，瑞气祥云的北京

花团锦簇，盛世欢腾

国歌嘹亮，红旗飘扬

长江黄河，与奔涌的浪花一起尽情舞蹈

长城珠峰，踏着无比幸福的节奏在仰天歌唱

此时此刻，全球的目光聚焦中国的荧屏

此时此刻，全世界都在聆听人民大会堂那铿锵的声音

九十六年的风风雨雨

九十六载的坎坷历程

中华儿女握紧坚定的拳头

用铁锤和镰刀

用雄浑和胆识

锻打出一个民族希冀的繁荣

收获伟大祖国建国六十八载沉甸甸的喜讯

祖国啊，我亲爱的母亲

我们不会忘记我们永远铭记

井冈山盛开的杜鹃花里有无数烈士忠诚的魂

南昌城楼起义的枪声，似霹雳划破黑暗的夜空

我们不会忘记我们永远铭记

泸定桥上冒死强渡的钢筋般的意志高过苍穹

两万五千里长征路上爬雪山过草地嚼树皮的九死一生

祖国啊，我敬爱的祖国

请用钢火淬锻我们的意志

请用忠诚冶炼我们的胆魂

当祖国需要的发令枪一旦响起

我们就是站立在边防哨所旁的一棵棵巍峨挺拔的青松

我们就是巡逻在海域岛屿上的一艘艘劈风斩浪的巨轮

我们就是遨游在蓝天白云下的一排排搏击长空的雄鹰

我们就是守卫在沙漠戈壁中的一棵棵挺拔的白杨树

我们就是行驶在一带一路快速动车上的一颗颗螺丝钉

我们就是保卫祖国海陆空不受外敌入侵的守护神

这一刻，中国正在书写一个大写的感叹

这一刻，中国人民盈满激动的泪水

凝望九十六年的金色理想和璀璨辉煌

这一刻，中国正在五星红旗的指引下

举杯把盏欢庆一个伟大新征程的盛典

这一刻，960万多平方公里的万水千山

用中国智慧中国力量承载中华民族腾飞的梦

让中国速度成为世界经济发展的领头羊

让中国态度成为维护五大洲和平的最有力的力量

十月，让我们满怀信心和十月一起出发

约十四亿的大中华斗志昂扬万众一心
在习主席的英明指引下
沿着中国特色社会主义道路的伟大方向
和实现两个一百年奋斗目标的壮丽航程
积攒磅礴的能量　一起出发

赞歌献给十九大（三句半）

我们四人台前站
来说一段三句半
颂歌献给十九大
齐点赞

花团锦簇盛会开
举国上下齐欢腾
意气风发豪情满
议国政

不忘初心是主题
牢记使命须谨记
报告全文三万字
顺民意

回眸五年大发展

经济繁荣惠民生
改革取得新飞跃
大步阔

新特理论八明确
十四方略是内核
全面小康两步走
目标明

五位一体揽全局
五大理念须遵行
四个坚持要把牢
方向准

社会矛盾已转化
美好生活期待新
决战小康是关键
下决心

党和国家重三农
乡村振兴摆头等
美丽中国展魅力
携手行

时代开启新篇章
继往开来新使命
建设一支好队伍
自身硬

传统文化要继承
文化自信牢记心
四种道德润无声
铸魂灵

依法治国势必行
司法体制要建成
民主法治共发展
社会稳

发扬红军好传统
烈士精神铸军魂
强国必须先强军
有保证

"一国两制"是方针
两岸统一盼团圆
中华儿女血脉连
一家亲

一带一路共繁荣
两个百年奋力行
维护世界共和平
有能力

党风政风要廉明
从严治党是根本

老虎苍蝇一起打
敢碰硬

大会精神要弄清
学习贯彻不放松
进企进校进村居
下基层

主席思想入党章
前进道路指方向
大海航行靠舵手
紧跟引

时代吹响新号角
习总书记为核心
中华儿女同努力
共同实现中国梦
中国梦

说唱党的十九大（快板书）

甲：打着竹板走上台

乙：我们心里乐开怀

丙：学习宣传十九大

丁：团结一心向未来

甲：大会主题很鲜明，不忘初心为人民。
　　决胜小康齐动员，高奏凯歌向前行。

乙：过去五年变化大，祖国发展跨骏马。
　　消费支付最前卫，处处都扫二维码。

丙：五年成绩杠杠的，人民收获满满的。
　　打虎拍蝇狠狠地，党的肌体壮壮的。

丁：嫦娥奔月空间站，海底蛟龙勇探险。
　　还有天眼望远镜，航母高铁更露脸。

合：对，航母高铁更露脸。

甲：中华民族有骨气，再也不被他国欺。
　　东方雄狮威风凛，蛟龙出海中华魂。
　　我们已经站起来！

我们已经富起来！

我们正在强起来！

乙：看看城市和农村，处处变化喜人心，

大妈跳起健身舞，大爷公园练嗓音。

丙：幸福生活乐开怀，家家户户喜开颜。

美好乡村景如画，莺歌燕舞颂太平。

丁：中国崛起迎掌声，世界人民都欢迎。

命运共同大家庭，维护和平主力军。

合：命运共同大家庭，维护和平主力军！

甲：新时代和新征程，全党拥戴习近平。

发展蓝图他绘就，我们紧跟掌舵人。

乙：新理念和新思想，新的战略定方向。

两个百年两步走，再创祖国新辉煌。

丙：五位一体总布局，四个全面来谱曲。

七个发展新战略，步步为营擂战鼓。

丁：改革步伐不能停，开放还要大步行。

发展贯彻新理念，党的领导是保证。

合：对，党的领导是保证！

甲：报告讲得很全面，文化建设不能偏，

弘扬社会主旋律，核心价值永记心。

乙：繁荣文艺要创新，人民文艺为人民。

抑制"三俗"扬正气，传统文化要继承。

丙：文化自信铸灵魂，文化产业靠经营。

两个文明一起抓，多出杰作和精品。

丁：依法治国是根本，顺民意来听民声。

民主法制齐步走，中华和谐一家人。

合：精准扶贫政策好，决战小康奋力行。

科技强国又强军，共同实现中国梦！

中联人，在大地上播种丰收的太阳

迎着朝阳　披着星光

四季放歌　耕耘芬芳

我们踏着矫健的步伐

我们扬起自信的目光

五年了，在三山的大地上

我们沐浴着春风夏雨

我们战胜了雷电雪霜

五年了，我们把逆境和迷茫踩在脚底

五年了，我们把自信和激情舒展在额头上

五年了，我们用智慧绘就了中联重科锦绣的画卷

五年了，我们和魅力的三山一道奋发一同跨越一起成长

沉甸甸的成绩单上，中联人挺起了骄傲的胸膛

农业机械产业集聚区是我们擦得锃亮的一张名片

智慧化高端化一体化全球化是我们立下的军令状

创新绿色引领共享是我们争创世界一流秉持的发展理念

一带一路目标激发我们的动力指引我们一路远航

春天里，我们用铁犁弹奏希望的圆舞曲

万马奔腾，把金灿灿的种子播撒在祖国的大地上

夏日，我们翻过崇山峻岭远行万里走进千家万户

把足迹镌刻在江河湖泊把汗水挥洒在蓝天白云之上

匆匆的脚步和时间一道赛跑

机器隆隆，开足马力

我们在960万多平方公里的土地上激情歌唱

一垄垄　一行行

绝不让一颗熟稔的庄稼遗落在田野里

把丰收的喜悦抱回家

让农民的笑容洋溢在眉宇间绽放在心窝窝上

中国公益收割第一队为困难家庭打开期盼的窗口

互联网把科技致富的信息输送到每一个求富家庭的门帘

二维码把我们一流的服务以闪电的速度第一时间送达

一流的团队打造中国智慧农业的金字招牌

我们是自豪的中联人我们是赶超的中联人

未来的中联重科，用精湛的技术占领全球的农机市场

腾飞的中联重科，必将用中国制造惊艳世界

黄梅戏里飘茶香

——观原创黄梅戏《回家》

真情伴随万语

将风和雨默默地收藏在心底

十八年如一日

温暖外地流浪汉的孤独

书写着人间大爱的对白

日月星辰，闪烁熠熠发光的璀璨

四乡八邻，睁开敬仰的目光

婆媳接力传递一股股奔腾的暖流

三山的河岸涌起欢笑的泪花

距离挽着高铁的手

芜湖和安庆之间

一夜结成了亲家

那一桩桩事

就是一本本厚重的书——

书中有精彩的故事

书中有灿烂的朝霞

站立，就要站成一帧动人的风景

百花园中，小草就是朴素的表达

回家的舞台

千人为你流泪

风和雨为你停下

安庆的黄梅戏戏腔圆润

峨桥的茶香香飘万家

一对婆媳，两个家乡

最柔美的情话

无法用语言告白

从此，三山的大地上

每一次巡演——

你们便是在和一座座山　一群群人

做深情的心灵对话……

飞翔的翅膀永远在天上
——追思伟大的空军飞行员女英雄余旭

头顶霞光万道

脚踩汹涌波涛

翱翔于蓝天白云之上

穿梭于崇山峻岭之间

一次次冲击飞翔的高度

一次次绽放梦想的奇迹

一次次刷新巾帼的骄傲

一次次书写空军的自豪

航灯是你擦亮的眼神

机翼是你翱翔的翅膀

白云是你钟爱的花蕊

风雨雷电是你挥洒在天空中的热血誓言

保卫祖国母亲是你心中不可撼动的神圣尊严

你的名字是军人

你的名字叫英雄

你是大地的女儿

你是蓝天的女儿

你是中国人民的女儿

祖国为你骄傲

战友为你自豪

亿万人的心中

你是那朵永不凋谢的铿锵玫瑰

你是人生舞台上永远绽放美丽的金孔雀

千山万水呼唤你

亿万人民追思你

英雄余旭

你一路走好

一路走好

想你的每一秒江河湖海流淌的都是眼泪

情系黄梅，泪洒英雄

——观看大型现代黄梅戏《王能珍》有感

座无虚席的剧场

剧情一次次打湿观众的心

声声情思的黄梅调

似江南深秋的细雨

滋润着万万千千的灵魂

今夏的防汛抗洪

芜湖的大地上

人们缅怀一个响亮的英雄名字

王能珍

困难面前那一句我不上谁上的铿锵呐喊

压垮了肆虐的洪水战胜了咆哮的巨浪

保卫了深深眷念的美丽家园

危急关头那视死如归的纵身一跳

成为一座丰碑一种敬仰一种永恒

你走了

芜湖的人民不会忘记你的伟绩丰功

你走了

濮阳圩丰收的景色里有你绽放的笑容

你走了

你情系人民的伟大抗洪精神永远没有剧终

激励着一代一代共产党人砥砺前行不忘初心

向"八一"立正，向军旗敬礼

自从参军入伍的那一刻起

我们就有一个共同响亮的名字：中国军人

我们就有一个共同忠于的职责：保卫母亲

橄榄绿就是我们生命的颜色

军旗军章就是我们奔腾的军魂捍卫的天平

我们是当代军人

我们是铜墙铁壁

我们是钢铁长城

我们感到无比激动无上光荣

哪里有需要哪里就有我们刚强的身影

哪里最危险哪里就有我们出生入死的冲锋

站立在边防哨所，我们就是一棵棵巍峨挺拔的青松

巡逻在海域岛屿，我们就是一艘艘劈风斩浪的巨轮

遨游在蓝天白云，我们就是一排排搏击长空的雄鹰

守卫在沙漠戈壁，我们挥洒血一样的滚烫的青春

我们向军旗敬礼

我们向"八一"立正

我们向母亲宣誓

我们向人民保证

我们有铁一般的纪律

服从命令就是我们崇高的使命

捍卫和平就是我们耸立云天的珠穆朗玛峰

祖国，亲爱的祖国

请用钢火淬锻我们的意志

请用熔炉冶炼我们的忠诚

三百六十五个日日夜夜

我们时刻握紧钢枪

我们分分秒秒擦亮眼睛

祖国，伟大的祖国请放心

九百六十万多平方公里的每一寸土地

我们会随时牺牲我们的生命捍卫您的神圣

决不让任何一个豺狼觊觎的阴谋入侵半分

不忘初心，你用生命践行

——观芜湖市王能珍先进事迹报告会有感

雨中路人

群山垂首　流水失声

大地悲恸　花草含情

再好的语言也托不动

生于鸿毛死于泰山的沉重

你走了

来不及和乡邻说一声

你走了

再也无法和妻儿老小共享人间天伦

绿色的军装还深藏在箱底

再也找不到视它为生命的主人

未吃完的盒饭还留在抢险的堤埂

成了生命最后的半顿

九天九夜　你穿梭在洪魔肆虐的最前沿

冲锋陷阵　勇往前行

你把党员的誓言在抗洪抢险的大堤上喊响

舍生忘死　　肝胆相照

你把军人的形象在保卫家园的土地上擦亮

报告会的现场

无数次的掌声久久地激荡

平凡而伟大的故事

打湿了成千上万个听众的泪水和心房

你那把生死置之度外的一跳

在我们的城市　　乡村　　田野　　大堤

留下了永恒的感动

你走了　　良好的家风遗训抵万金分量

你走了　　无畏的精神我们去传承弘扬

你是党的好儿子

你用生命践行一个共产党员的不忘初心

这个夏天，让家园让土地记住

让抗洪记住　　让芜湖记住

让我们永远记住一个名字

一个英雄的名字——王能珍

防汛抗洪中，
我擦亮了一名共产党员的身份

我是一名普通的共产党员

没有什么惊天动地的辉煌业绩

没有什么振聋发聩的豪言壮语

自从在镰刀铁锤的旗帜下

把拳头高高举起

我就感到肩上的重担沉甸甸的

因为，我是一名共产党员

我是一名普通的共产党员

人民的需要就是我毕生的信念

险情就是命令　服从就是宗旨

哪里最危险哪里就有我奔跑的身影

哪里最需要我就会第一个冲锋在前

洪水中，我就是一堵摧不垮的铜墙

抢险中，我就是一座冲不倒的堤坝

站着，我就是一面迎风飘扬的旗帜

倒下，我也会用我的身体堵住汹涌的决口

我的生命属于党和人民

危急关头我会把党员的名字喊响

人民需要时我会让佩戴的党徽熠熠生辉

生命的礼赞

——追思芜湖抗洪英雄王能珍

在芜湖县湾沚镇桃园村的大地上

再也看不到你慈眉善目的笑容和深深浅浅的足印

在濮阳圩万亩圩口的巡埂大堤上

再也看不见你防洪抢险中奔腾不息的身影

时间和空间记住了 2016 年 7 月 7 日

永远记住了一名共产党员的名字

一个英雄老兵的名字——王能珍

在灾害突临的一瞬间

你没有丝毫的犹豫和胆怯

那纵身堵住溃口的一跳

那奋力张开双臂的一扑

成为一块不倒的丰碑

成为一面飘扬的旗帜

成为一座城市的感动

成为一种生命的永恒

有一种魂魄叫军魂

有一种精神叫无畏

有一种年龄叫党龄

有一种诀别叫永生

有一种分量叫轻于鸿毛重于泰山

有一种誓言叫用生命践行不忘初心

江河呜咽　青山垂首

大地沉默　鲜花动容

亲人悲痛　英魂永存

让人民永远记住

永远记住你的九天九夜

记住你的42年党龄

记住你62年精彩辉煌的灿烂人生

让芜湖永远记住

永远记住这位伟大的抗洪英雄——王能珍

我们来了，我们一起来了

肆虐的七月

乌云翻滚风雨交加阴霾遮盖蓝色的天

浊浪滔滔向长江淮河偷袭

冲击着坚硬的河堤冲击着美丽的家园

雨张开锋利的刀口刺痛着房屋、道路、村庄

以及养育我们的每一寸土地

庄稼窒息，万物游荡于水的萧瑟之中

大水摇晃着树木，摇晃着树上的鸟巢

以及我们回家的步伐

大雨倾斜了一方安宁

浇灭了我们收获丰收的喜悦

雨情便是命令

似一道霹雳划破夜的漆黑无垠

穿过水，穿过黑暗的夜空

穿透我们澎湃激昂的血脉

共产党员来了共青团员来了人民公仆来了

志愿者来了外出打工的来了可敬的人民子弟兵来了

我们来了我们一起来了

从四面八方

以闪电的速度排山倒海的气势

奔赴在大大小小的圩堤上

奔赴人民群众最需要的地方

我们十指相扣

挺立成一排排铁壁铜墙

我们心连心

凝聚成排山倒海无坚不摧的力量

把决战请愿书写在千里大堤万亩庄稼上

堵住　　堵住　　堵住

堵住泛滥的洪水休想漫过堤埂淹没一寸土地

筑高　　筑高　　筑高

筑高我们的呐喊

让我们的家园重新长出一片绿色重拾满地灿烂

不知道你是谁，我知道你为了谁

钢铁的队伍

顽强的斗志

刹那间凝聚在一起

向前　向前　向前

奋勇向前　奔腾向前

冲锋向前

奔赴防汛抗洪抢险的第一线

与风雨抗争

与时间赛跑

与圩堤同命

与人民的利益血肉相连

十指相扣成一排排铜墙铁壁

肩肩相靠靠成战无不胜的一座座丰碑

谁说你的十指只能敲击键盘

你扛起袋袋泥土能疾步如飞

你是铮铮男儿

你是铁血硬汉

乌云密布，肆虐的雨再次卷土重来

雨情便是命令，以闪电的速度

穿过水，穿过黑暗的夜空

风雨打湿的庄稼汉，虽然失去了丰收的口粮

但他们的背影坚定，锃亮

关键时刻，党员干部是主心骨

我们的誓言在大地上久久地回荡

为了大地的丰收

为了家园的安宁

为了父老乡亲的重托

把党旗在抢险的大堤上高高地举起

把滚滚的巨浪和滔滔的洪水拦腰斩断

也许在茫茫的抢险队伍中不知道你是谁

但在人民的心中深深地知道你为了谁

防汛抗洪中，我擦亮了一名共产党员的身份

师　魂

—— 悼念在汶川大地震中牺牲的谭千秋老师

在灾害突临的一瞬间

你没有丝毫的犹豫和胆怯

为了四个年轻鲜亮的生命

你奋不顾身

把死揽在自己怀中

把生的希望推向了你至爱的学生

那奋力张开双臂的一扑

成为一种师魂

成为一座丰碑

成为一面旗帜

成为一个民族昂扬不屈的姿势

永远定格在亿万中国人的心中

没有惊天动地的豪言壮语

没有鲜花簇拥的阵阵掌声

在过去平凡的三尺讲台上

默默耕耘

一茬又一茬地

把知识的种子播撒在学生的心田

在人们最需要的关键时刻

用生命写出了中国知识分子最绚烂最优秀的论文

你走了

来不及和妻儿老小说一声

只言片语的心里话

山河为你哭泣

鲜花为你动容

人民自有回答

你是民族的英雄

你是人民的儿子

你那雷霆万钧般的一扑

就像种子在祖国的土地上蓬勃发芽开花

怀念雷锋

他是三月里的一滴春雨

滋润着一代代人干涸的心田

他是三月里的一缕春风

吹拂着华夏大地晴朗的天空

他有一个响彻云霄的名字——雷锋

紧握钢枪的姿势

成了三月最靓丽的一道风景

朴实无华的语言

胜似雷霆万钧

他是一颗永不生锈的螺丝钉

祖国的车轮，因它势不可挡滚滚前行

他是一名平凡而伟大的士兵——雷锋

二十二岁的生命虽然短促

穿越时空的光辉思想

洗涤尘埃　激荡着灵魂

虽是一个不幸的孤儿
全国人民都是他的亲人
三月，我们缅怀一位亲人
三月，我们记住一个名字
雷锋，雷锋
一代伟人遒劲有力的题字
在三月
铸成一座巍峨挺拔的丰碑
矗立在亿万国人精神的苍穹

北京，中国的方向

一路向北

一路向北

一路向北

怀揣对党的信仰和对新闻事业的挚爱

从芜湖的四面八方一同前往

在行程的终点方向

看到了这个熟悉的名字——北京

对于我们来说，历史悠久光辉灿烂的国际大都市

一定厚积着中华民族五千年的古老文明

一定背负着中国近代备受凌辱的沧桑与悲壮

一定回荡着开国领袖在天安门城楼上向世界宣誓的呐喊

与铿锵

一定彰显着改革开放重大的深远意义

和五星红旗高高飘扬的光芒与辉煌

到北京，我们多么想

去圆明园捡一块历史的沉重碎片

告慰刻在56个民族心灵上的刀伤

去抚摸人民英雄纪念碑鲜红的记忆

这些枪林弹雨的重量

足以让我们沉思一生

这个步履匆匆的日子

我们收敛笑容　怀藏肃穆　脚步轻轻

不能踏碎内心的庄重

更不能让不完整的思绪

碰撞无数革命烈士长眠青山的安宁

到北京，我们多么想

走在逶迤绵绵的万里长城上

把炎黄子孙聪颖的智慧刻在每一块砖上

到北京，我们多么想

听听奥运会嘹亮的国歌声

无数次地

在鸟巢和水立方的上空久久地回荡

到北京，我们多么想

用百度点击现代化中国科技的巨能量

到北京，我们更迫切地想

去人民大会堂感受十三五的"发令枪"声 和

习主席关于中国梦以及"一带一路"的世纪畅想

我们是东方的巨轮

我们是东方的太阳

我们是捍卫世界和平的力量

我们用知识去捍卫中国人共同拥有的心脏

检察官之歌

茫茫人海里

我是检察官

奔腾的浪花里

我是前行者

没有百花的芳香

平凡的岗位上

积蓄成长的力量

冬去春来

播种一抹抹绿色的希望

将思绪码成坚定的文字

将一摞摞枯燥的厚厚案卷

咏颂成爱岗敬业的诗行

寒风吹落了树叶

吹不断坚韧的脊梁

岁月催老了容颜

摧不垮我们血性的刚强

迎着风雨走向前方

挺起胸膛何惧风浪

执法为民是党的嘱托

清正严明是品格的闪光

用正直

守望正义

用清贫

维护公道

用温暖

谱写一心为民的华章

我们不会忘记

人民是我们不忘初心的伟大力量

我们永远坚信

中国共产党带领我们走向新的辉煌

永远的春天（朗诵诗）

甲：难忘的1978，九百六十万多平方公里的中国因改革的春风焕发一新；

乙：难忘的2006，二百七十六平方公里的三山因区划的调整获得新生。

甲：这是求索的脚步又一次启程，这是腾飞的翅膀又一次绽放；

乙：这是前进的号角再一次吹起，这是《春天的故事》再一次唱响。

甲：就在这一年，改革开放的杠杆诞生了一个崭新的支点；

乙：就在这一年，中国的行政区划诞生了一个美丽的称谓。

甲：四十载风雨沧桑，天空流光溢彩；

乙：十二年历程辉煌，大地笑语欢歌。

甲：改革开放的旗帜，经历了四十载的洗礼，更加英姿飒爽；

乙：勤劳致富的信念，经过了十二年的锤炼，更加坚如磐石。

甲：1978，我们用最昂扬的歌声，来表达中国人民心底涌动的澎湃；

乙：2006，我们用最饱满的情感，来描绘三山儿女眉头洋溢的喜悦。

甲：四十年的光芒，辉煌于镰刀与铁锤的结点，每一个季节因你而灿烂；

乙：十二载的魅力，潇洒于山水与家园之间，每一寸土地因你而繁荣。

甲：一年便是一级前进的阶梯，便是一个展翅腾飞的高度；

乙：一年便是一种雄浑的内涵，便是一股催人奋进的力量。

甲：改革的潮流，随长江的浪花向远方扩散；

乙：追求的梦想，随浮山的触角向天空飞翔。

甲：洒下一把金光，点缀三山的田野山水；

乙：摇起一缕春风，吹拂三山的幸福生活。

甲：千载难逢的机遇，激活了三山人民的梦想。三山，芜湖这串晶莹透亮的蓝宝石，因发展而声誉鹊起。

乙：朝气蓬勃的春天，点燃了三山人民的激情。三山，长江这颗熠熠发光的夜明珠，因创新而美名远扬。

甲：我们的歌声高亢铿锵，我们的脚步神采飞扬！我们信心十足，豪情万丈！

甲：1978是一条闪光的起跑线，是一艘鸣笛启航的船；

乙：2006是一株含苞待放的花，是一片乘风前行的帆。

乙：从三山工业园区的拓展，我们感受到视野的宽度，回眸三山成立十二年来的成就，我们感受到一种加速度。

甲：从为民服务的各种保障举措，我们感受到一种力度；从务实的工作目标，我们感受到三山区党委政府为民谋事的亲和；

乙：从招商引资到教育发展，从重点项目到社会民生，都是一行行精彩的段落，都是一首首厚重的篇章。

甲：仿佛有双有力的手，把三山高高地举起；

乙：仿佛有盏红绿灯，引领着三山前行的方向。

合：为三山的大发展导航。

甲：触摸闪光的词语，来描述你征程的乐章；

乙：引吭峥嵘的岁月，来颂扬你足迹的荣光。

甲：我们为改革开放一起呐喊，感受阳光的力量；

乙：我们为建设三山共同喝彩，让目光抵达更宽阔的海洋。

甲：去创造，去描绘，中国人民幸福和美好的希望！

乙：去书写，去赞美，三山人民明天的灿烂与辉煌！

甲：伟大变革，书写壮丽史诗；

乙：初心不改，奋进复兴征程。

甲：改革开放是中国永远的春天；

乙：锐意进取是三山永远的春天。

甲：聆听时代的召唤，用勤劳的笔再写"实力三山、活力三山、魅力三山、和谐三山"新篇章；

乙：牢记总书记的教导，用嘹亮的声音唱出"我们都在努力奔跑，我们都是追梦人"的最美赞歌！

行走在文字里的目光

——诗集《田野之歌》后记

      写诗于我来说，纯属一个偶然，更缘于一种爱好。大学期间，在"囊中羞涩"中省下零花钱，自费订阅了《星星》《诗刊》《诗潮》等多种诗刊。闲暇之余，畅游在诗歌的海洋，陶醉在文字的芬芳中自得其乐。读多了，久而久之，就有一种要尝试写诗的冲动。自1985年在《芜湖日报》文艺副刊上发表处女作《别》后，先后在多种报刊和微信平台上发表诗歌多首。岁月如梭，不知不觉已经在诗歌写作的道路上踽踽前行了三十多年，越来越感觉自己不是这块"料"，充其量是一个对诗歌极其崇拜的终极"粉丝"而已。

      这本《田野之歌》诗集的出版，从2016年筹划至今，已经走过了三个年头。三年，相对于季节，只不过是春夏秋冬的几个轮回，相对于人生，也只是一段短暂的历程。三年，除了岁月给我额头徒增了一些深深浅浅的皱纹之外，也不经意地带走了我对文学创作最初的那份冲动。于生活，我不再是单纯莽撞的青葱少年；于诗，我也不再是那个充满激情的歌者。当年激越高亢的种种情结，而今早渐化为浅吟低唱。

　　我不禁一次次地重新审视起自己与自己写下的所谓诗歌的文字。每一首，都没有了最初完成时的那种干练与充盈。即便是今天，接过出版社编辑老师递过来的关于结集的问卷，我只能小心翼翼地一一作答，实在汗颜。真想把书稿停留在清样状态，好把自己的浅薄永远地掩蔽在别人的不知晓中。无奈，身后有着一排烁烁的眼神和家人亲朋的鼓励。如果就此打住，或许也就守住了自己的浅薄。可身后一众师友寄予的这一份份深情厚望又当何以为报？索性出版出来吧，优劣已在其次，权当对自己诗歌写作的一次盘点罢了。

　　俄国文学评论家别林斯基说过：情感是诗情天性的最主要的动力之一，没有情感就没有诗人，也没有诗。

　　多年来，自己创作的诗歌都是因情而写、有感而发。就像我在《父亲的渔网》中写的那样："一把渔网/支起岁月沉重的浮力/奔跑在春夏秋冬的河床……农闲的季节/把破旧的渔网/摊在膝盖上/左针右线/把每一个日子缝补得闪闪发亮……父亲的渔网/我一生温暖的衣裳。"诗之情怀，说到底就是诗人之心。一首诗是一颗心，这心是对生活、对美好事物的感悟之心、感恩之心。作为一个农民的儿子，生活的苦难历练了我。创作的诗歌多是眷念故土、热爱家乡、歌颂美好的内容。如我在《回家》写的那样："再也不想远走了/这里，是我热恋的故乡/这里，有我儿时抹不去的记忆/还有永远睡在山冈里的爹娘。"

　　拙作《田野之歌》共分"心灵对话""泥土芬芳""引吭高歌"三个篇章，遴选了我多年创作的诗歌习作约百首。为了促成这本诗集的出版，我母校的出版社——安徽师范大学出版社给予了大力支持，我的诗友陈东吉先生也多次提出了一些修改意见，安徽师范大学教授、博士生导师、安徽省文艺评论家协会副主席方维保先生在百忙之中抽暇作序，编辑老师不辞辛苦地反复校对和精心设计，还有像更生、明松、姚明、黄平等太多关心这部诗集付梓的师友。在此，无言的感激从心中汩汩涌出，太多的关怀与厚爱已化作激励我前行的盏盏灯光。

写下这段文字的时候，窗外细雨霏霏，谷雨已过，夏季即来。感谢诗歌给了我无尽的生活乐趣，感谢生活赋予我的诗歌四季的颜色。

陆宗文

二〇一九年五月二十六日夜写于家中